MW01230532

Historias incompletas

Historias incompletas

Mariano Ortega

fomeq
fomento educativo de querétaro

ISBN: 9798754525696

A la memoria de

Celia González Sánchez

«Hay muchas maneras de estar vivo»

«Y más de un camino
para acercarse al mundo
para leer un libro
para soñar un cuento
para mirar la luna
para cerrar los ojos»

Caminantes

Y salieron de ahí

> *(un ahí*
> *que siempre queda lejos)*

huyendo

ve tú a saber de qué
de tantas cosas

> *de la edad*
> *del espejo*

de los otros

los tiempos agotados
de la espera

Y llegaron aquí

atravesando
lenguas
diptongos
consonantes

las huleras
tendidas
de miradas alternas

las murallas
de barrios y vecinos

el andar desigual
de los relojes

los pájaros absortos
que no saben del árbol

del nopal

de estos aires renuentes
de despojos

con sus propias
historias

sus secretos

el olor de sus guisos
sus flores
sus perfumes

Y sin hallar lugar
echaron en esta rama ajena sus raíces.

Calín

I

Atravesaste los Alpes
en las alas de un gallo de plástico sin cresta
con los pies en el aire y con los labios voraces
de bigotes, de lenguas y salivas

y me explicaste el negro
de las alas, el ondulado rubio de los vuelos
la lógica impecable de un encuentro sin búsqueda ni suerte
la vecindad secreta de los polos

y trajiste tu brújula contigo
y trajiste tus rumbos y tu espacio, tus puntos

cardinales, tus caminos y el caminar seguro de quien sabe
a dónde quiere ir, de dónde viene

aunque no conocieras
las letras de tu nombre ni el alfabeto en boga
y sin palabras del lenguaje que usabas en las noches
al despertar con sueños a los sueños

aún sin saber o haber
pensado quién eras o quién ibas a ser
cuando los Alpes dejaran de ser Alpes y las montañas
se hicieran de aluminio

II

Y, volando,
fue ahí donde llegaste con ropa de sorpresa
y tentaciones, como si esas mañanas no hubieran sido todo
sino prólogo abierto de un ahora.

Pero el tiempo
no siempre cumple sus promesas a pesar
de seguirlas prometiendo a medida que pasa y no suceden
ni las manos tangentes ni los ojos

ni las bocas
contiguas ni los dientes que dejan de probar

y de morderse al sabor de sus días alborotados, al sabor
del encuentro y de los otros.

Y tampoco nosotros
cumplimos las promesas a pesar de atizarlas
con las pausas de silencios ambiguos en las charlas
de puntos suspensivos en los ojos

miradas empapadas
de apetitos que prometían también
abiertamente lo que no sé por qué no sucedió en todas
esas noches de tanto santo y seña

y manos mudas, de tanto
caminar para quedarnos al filo
del hallazgo y del nosotros, de tanto caminar para pararse
a un titubeo y a un gesto del abrazo.

Y dejé la ciudad entre
las páginas de mucho desencuentro
inadvertido sin intuir las ansias ni los pasos o los dedos
a punto de tocarse.

III

Y saliste a buscarme
con el mapa que dibujaron tus hambres con los nortes

de dos o tres palabras inocentes, como si buscar un nombre
y una cara fuera siempre

tan fácil y tan cierto. Y diste
con mi cara y con mi nombre; y diste con el quicio
de mi puerta. Y dimos con los pies adormilados que dieron
esos pasos por nosotros.

Pero ni tú ni yo
cumplimos las promesas (que nunca nos hicimos en
lenguajes que no fueran el tuyo sin palabras; que no fueran
el tuyo y en la noche)

porque el tiempo
no deja de mudarnos, de cambiarnos el ser
en lo que fuimos; los Alpes se volvieron de aluminio y tú
y yo dejamos de ser noche

nos hicimos de día
sin darnos cuenta, dejamos de soñar y de ser sueño
y despertamos prendidos del teléfono que había dejado
de hablar en tu lenguaje.

Yorja

Te sentiste gemelo
de tus miedos
y apretaste pestañas y miradas
para dejarte ausente
del paisaje
borrarte y si se puede
retirarle tus señas y tu cara
tu rebaño de cabras en discordia
y el olivar cerrado
de tu huerto

no pudo el huracán atropellado
quitarle el atractivo
a lo posible

adivinarle el rumbo
a tus temores
saber
cómo se ven
tus ojos desde adentro
sin que nadie los vea
cuando se asoman
en esa intimidad
tan tuya
y sin testigos

no pudo el huracán pudo tu miedo
de haber sido ¿de ser?
como tus huestes

sin memoria dejar
a la memoria
arrancarle
esas horas a tus días
y dejarlos cojeando
de sus huecos
la suerte sin leer
las líneas de la mano
borradas por la piel
y sin decirse

tallarles el azogue a los espejos
devolverlos al vidrio
transparente

sin tener que mirarte
con tus dudas
recordarle sus fueros
al presente
o tener que encontrarte
en los residuos
de tanto tiempo atrás
que te negaba
un hoy sin sobresaltos
ni ataduras

> *un ahora invisible y sin historias*
> *sin cuentos que contar*
> *ni que callarse*

mientras sigues leyendo
y en voz alta
los dolores de Antígona
en tu lengua
–que ha cambiado
tan poco
de la de ella–
por sepultar
con tu voz
tus propios ecos

> *las columnas caídas sobre el polvo*
> *de siglos sin contar*
> *y de promesas*

levantar tus escudos
y tus lanzas
a la altura del hombro
o de tus miedos
cobijarte del mundo
que no sabe
cómo explicar
tu rostro en el espejo
cómo callar preguntas
y sospechas

imaginar el tiempo en el detalle
por temor a quedarse
en el presente

mirando
hacia un futuro
que se nos cae de incierto
y de imposible
la inocencia prendida
de unos ojos cerrados
de un voltear
a otra parte
pensar en otra cosa
y asomarse a la nada

no pudo el huracán pudo tu miedo
para dejar de ser
sin haber sido

para dejar vacíos espejos
y memorias
los días resquebrajados
el paisaje
que se quedó sin ti
cuando dejaste
el tiempo sin tu nombre
tu rebaño de cabras en discordia
y el olivar cerrado
de tu huerto.

Berenice

La marcha triunfal

      pero no es para Aída
      es Berenice

y es todo lo que queda

      las plumas de papel
      los pájaros terrestres
            con sus vuelos en pasos
            y su aleteo en el piso

      un olor a cautines
      un sonido
            volando

la arrogancia solemne
     de pasos infantiles
     de un desfile ensayado

los papás orgullosos

los ojos titubeantes
los acordes de Aída en todas partes

sonoridad marcial entre las páginas
     ¿y dónde están los coros?
     ¿los tambores?

con un olor profundo
a ese metal quemado
     ¿se puede ser fantasma
     y ser de carne y hueso?

un sabor a láminas soldadas
un incendio amarillo

la realidad se arraiga en los residuos
no sé si de recuerdos o de sueños

     ahí

     como vividos

     abandonados
     muertos

     los hijos pródigos

regresan a la frente

al oído
a los ojos
al olfato

al hoy de este presente

la paz
el kindergarten
los hábitos teatrales de las monjas

retazos
        pero eso es todo

        pedazos al azar
        que siguen vivos

y no debían estar ahí
ni aquí

        ni por ninguna parte
        si dejaron de ser
        si nunca fueron

        o no fueron así
        no de esa forma

una marcha triunfal
un olor a quemado

una reina

que avanza a los compases

de un olor a quemado
de la marcha de Aída
de los claros clarines de una marcha distinta

Berenice

colgada en la memoria
de acordes imprevistos

todo vivo
nada más porque sí

porque todo está ahí

y siempre ha estado así
en el traspatio
de un recuerdo vacío

la mente en otra edad
sin muebles ni instrumentos

con la niñez en blanco

la juventud en marcos y diplomas
la vida en otro barrio
otras historias

una marcha triunfal
y Berenice

un olor a quemado

sorprendido
confuso

sin saber si quedarse
        un rato en el presente

        (un presente cambiante
        y arbitrario)

        o perderse
        al final
        en el olvido.

Tohé, tohé

Es siempre en el recreo
cuando te encuentro
jugando en el patio del colegio

un perfil de muchos lados
un color de muchos rojos

¿quién iba pensar que era tan breve
si el hoy en esa edad se te hace eterno?

Fuiste una historia de mares y fronteras
del Adriático al Atlántico al Pacífico
de pieles desteñidas y legados
desde costas opuestas y países que salían al recreo
con sus apodos

por estar arrimados o ser huérfanos
y seguir sin saber cómo llamarse.

Porque el mar les ofreció llevarlos desde aquella tristeza equivocada de parcelas labradas en aprietos a las tierras en blanco de otras páginas.

Llegabas con el año
atravesando el pueblo en bicicleta

algún minuto después de medianoche
y llegabas a darnos el abrazo

a echar tiros al aire
a dar la bienvenida al año nuevo.

Fuiste la bicicleta roja
que se quita de encima lo juguete
para aventarse a la calle como adulto
—la calle de verdad de gente grande
de semáforos, autos y accidentes—
y se come las cuadras, las manzanas
y compite con los pies y con las alas
por alcanzar la arena de otra orilla.

Porque el mar no se cansa de acercarse para volver a intentar tocar la puerta y llamar y llamar aunque no le respondan las aldabas ni se le abran las puertas o las rejas.

De niño eras justicia de los patios
protector del recreo y de los juegos.

De joven, la mirada tranquila
de lógica y razón; de la evidencia.

Pero no hubo una tercera edad para saberte
ni conocer jamás al ser maduro.

> *Fuiste la voz de afuera*
> *la de adentro*
> *la que abraza*
> *oídos y palabras*
> *por proteger las armonías del trato*
> *la simetría jovial*
> *de las maneras con el lenguaje oscuro de los ojos*
> *la madurez desigual de la estatura.*

Porque el mar no se cansa de alejarse a pesar de lo inútil de
la huida a pesar de la sal y de la espuma, los juramentos
falsos de la luna —que coquetea con el mar y con la orilla
para engañar al agua y a la arena.

Nos encontramos de nuevo en otra parte
y compartimos los lugares comunes del exilio

la hermandad solidaria ante lo ajeno
el placer sorprendido ante lo nuevo

el septimino de la *Viuda Alegre*
la mazurca y el dueto de *Luisa Fernanda.*

> *Fuiste la tonadilla de operetas*
> *el coro a siete voces*
> *la cueva de dos pisos y cristales*
> *que encerraba ratones y promesas*
> *secretos asustados y confusos*
> *caretas transparentes y apariencias*
> *en las faldas del cerro*
> *que bailaba ballets por la mañana*
> *y se vestía de smoking por la noche.*

Porque el mar viene y va sin la memoria que guarda el
caracol para el oído, sin ese vacilar intensamente del que
sabe que vuelve y no ha llegado, del que sabe que toca y no
le abren.

Aunque había lejanías como paréntesis
que no acababa de entender entonces

los pasos divergentes que llevaban tu andar
por otras partes que yo no conocía

ni imaginaba, aunque estaban ahí
a simple vista a treinta años y pico de distancia

> *Fuiste esa foto que alcanzamos*
> *apenas*

a tomarte y nos salió movida
por la prisa que no te deja
mantener la pose más allá de una edad
que se sorprende de no tener futuro
ni memorias
de que se acabe el lápiz o la tinta
antes de bosquejar completos los dibujos.

Porque el mar no deja de moverse ni las olas se quedan nunca quietas como si ese correr de un lado a otro hubiera de llevarlo a alguna parte hasta hacerlo llegar y detenerse y terminar con su viaje en un destino.

Y fue Semana Santa al borde del Pacífico
los pasos convergentes, divergentes

ausencias ilegibles en la playa
huellas desocupadas en la arena

mapas que se quedaron incompletos
la geografía más clara en el futuro.

Fuiste la bicicleta
que no pudo dejar de ser juguete
porque el hada madrina la detuvo
al filo de la orilla y del paisaje
y te cortaron los brazos y las alas
te dejaron sin piernas y sin pasos
sin estrenar jamás
más vida que esos días en la banqueta

más mundo que el soñado o entrevisto.

Porque el mar no cambia su rutina ni altera su insistencia cotidiana por alcanzar un puerto que lo ampare, por encontrar la puerta que se abra y acoja finalmente sus olas y sus furias en el abrazo final y en el reposo.

Creíste recobrar tu ser de antes
haber dejado atrás todo lo ajeno

y volviste al hoy que te faltaba
el de todos los días, el cotidiano

pero no estabas y no estarías jamás
te dabas cuenta que dejabas de ser antes de tiempo.

Fuiste también fantasmas
y figuras.
Fuiste también bosquejos y promesas
y toquidos tenaces en las puertas
cerradas para el mar o el sin destino.
Fuiste también febrero que se agota sin llegar
a los treinta
o al domingo a pesar de que viaja en bicicleta
y se viste de ruidos y de rojo.

Porque el mar nunca les pudo ahogar ese sentir ni esa tristeza equivocada y aunque los trajo tan lejos a otras tierras les dejó muchas páginas en blanco.

Mirubán

volver a la mañana que se abre como telón de teatro
para exhibir al mundo como si fuera nuevo

como si nunca nadie lo hubiera visto recién bañado
y con camisa blanca
el día de frente y por venir la historia:
el hoy, apenas
el mañana, inmenso

> *en vez de Rocinante son camiones*
> *autobuses urbanos acarreando inicios*
> *y promesas de un ahora*
> *perpetuo y sin fronteras*
>
> *caballeros andantes*
> *en camiones de ruta atiborrados*

de gente y de destinos −así en plural−
que se suben al mundo en las esquinas

gozar turbado la cercanía vecina como caricia incierta
escalofríos traviesos anticipando el gesto

desde la piel sitiada
el hormigueo del roce

desde la edad propensa
como ciudad abierta

para inaugurar ser tigre y presumir las rayas en todo el
cuerpo como si fuera moda

para habitar la selva como primer nativo
y averiguar las furias como juguete nuevo
tantear el trueno
y detonar el rayo
la redondez del orbe y la pelambre ajena

ejércitos de sueños y locuras
con el olor a diésel en el aire

con el olor a gente en el pasillo
armaduras de seda o de mezclilla

los ojos persiguiendo
paisajes y figuras

la vida subiendo en las esquinas
 o timbrando al chofer para bajarse

Dulcineas del Toboso
amas de casa
caballeros andantes
con pinta de albañil o de estudiante
que escriben sus historias
al subirse

para estrenar ser uno y sorprender misterios
en esos soles que parecen otros

para esconder los ojos con mirar al piso
para pintar las caras
con el color subido de una vergüenza en duda
que todavía no aprende la proporción del rojo

que carga en la mochila sus sirenas
revueltas entre libros y papeles
y confunde el habría con el hubiera
porque todo se mueve

hacia adelante
hacia el lugar común en que se
encuentran
la suela con el piso
el plazo con la fecha

aunque parece imposible
de tan lejos

y se encuentran
el timbre con la esquina
la parada con brazos estirados
para esperar un ahora
que se suba
y esperar un destino
que se baje

pero tus pies no están en ese suelo ni en las playas ahogadas
por la tromba que se llevó las olas a las nubes
que despintó las pieles asoleadas
que te cambió miradas y paciencias
y despertó los sueños y las ganas

es otra la manera en que te moja el agua
y te sorprende que no se acabe de secar la ropa
que no se dejen de empapar las piernas
los pies descalzos
los zapatos flojos
que no se pueda con el mismo gozo que asombraron torres
y veletas y arcos

comenzar otra vez el mismo viaje
con las mismas promesas
y esperanzas como si fueran nuevas
e inocentes

y los viajes se fueran estrenando
al encontrar un asiento vacío
para soñarse y otro sueño

común de seducir al tiempo
volverlo adolescente y sin historia

borrarlo todo y principiar de nuevo

y con la voz pasmada regresar a Italia para dormir de nuevo
en la pensión romana sobre los catres puestos
hasta llenar el cuarto y pensar que el tiempo no es más que
un paraje
un mismo campo que se tiende largo
que dura y dura y es cuestión de pasos

el descubrir la vida como si fuera Europa, bebiendo
asombros y saboreando luegos
y con la misma edad y con la boca abierta
tener el hambre de probarlo todo
de descifrar los gestos
desentrañar confines

y con los mismos ojos, volver a España y recobrar Sevilla
volver a entonces y reencontrar primicias

                    como estrenan los jóvenes la vida
                    como si nadie antes la viviera
                    ni pasara por todas esas cosas
                    como soñar de día
                    o haberse enamorado
                    y tener pesadillas de castigo

como asomarse al mundo de reojo
por temor a que grite o que se mueva
sin esperar
a que uno llegue a grande.

De repente

cuando la vida dice aún: «Soy tuya»,
aunque sepamos bien que nos traiciona.

Manuel Gutiérrez Nájera "Para entonces"

I

Me gustaría morirme

de repente

el agua
salpicando

la mañana a punto de ensayarse

las promesas
los días

y las semanas

       que no serían
       jamás

       ni árboles
       ni pasos
       ni manteles

       cubriendo
       las mesas de obsidiana
       los papeles

       las cuentas
       insumables

       las repisas

las cartas
que dejaron de escribirse

los libros por leer
al lado de mi cama

las cosas por hacer
que tengo en mente

       pero ni cartas
       ni libros
       ni cosas por hacer
       ni yo

nos damos cuenta

de repente

porque todo deja de ser

así también

un de repente

lo que fue hasta ayer
o hasta esta madrugada

las cosas pierden
su sentido

o toman otro

uno que nunca conoceré
que no me importa

para mí
no habrá sorpresas

ni misterios

al dejar todo de ser
un de repente.

Mariano Ortega

II

Si pudiera

me gustaría morirme

desvestido de historia
y de minucias

en un lugar vacío

sin nada de mis cosas
en el closet

sin que alguien
tenga que descolgar
memorias
camisas
pantalones

tirar o regalar
zapatos viejos
mis cintos
calcetines

ni revisar
papeles y papeles

y decidir qué se guarda

o qué se tira
porque ya todo es diferente

los números y datos

comprobantes

que no tienen ahora
la menor importancia

recetas
de las que alguna vez
mi vida dependió
según el médico

morirme
sin nada ya de mí
en ninguna parte

ni mi cara atrapada en el espejo

como un huésped

de hotel

que se retira

con todo lo que trajo
en la maleta.

III

Me gustaría morirme

pero sería una lista muy
muy larga de maneras

una lista completa

con todas las opciones
de morirse

ordenadas
de mejor
a peor

con todas las variantes
que

si pudiera

me gustaría tener
y las que no

(sé que no quiero morirme y seguir vivo

o retrasar la muerte
a costa de dolores
y de aguante

de pena
y de paciencia

como tantos amigos
que se fueron

pero aún sin ser
se entretuvieron
por años o por meses

unos sin darse cuenta
otros sufriendo
del ser y del no ser
en convivencia).

Si pudiera

aunque hace muchos años
que dejé de escribirles
lo mismo a Santa Clós
como a las Reyes.

Si pudiera

pero lo sé muy bien:
va a ser lo que me toca

¿o ya me tocó
y aquí estoy todavía
sin darme cuenta?

Encardos

Te cortaste ventanas en los ojos
para asomarle escondrijos a la luna
sin dejar en lo oscuro
los senderos doblados por el sol
desde temprano.

Y tú mismo y tus padres te empujaron
sin saber de los cruces ni los rumbos
más allá del incienso
y de las velas
con sus humos de paz y con sus glorias.

Bendícenos Señor
bendice nuestro andar y nuestros pasos.

Te sacaron de casa
te sacaron sin dejar que ocurrieran tus mudanzas
el verde del nopal
y el mes de lluvias que se quedó plantado sin semillas
con tus dientes de leche vacilantes
al recitar latín y padres nuestros
en el coro de párvulos del kínder
y la escolta de honor de la primaria.

Te sacaron de casa
y tú saliste para dejar tu sombra en los corrales
y alejarte de entronques y rediles
los recodos sin luz de la neblina
donde a veces de noche
te asustabas por las caras vendadas y las manos
que no sabías de quién que te tocaban
que no sabías por qué sin preguntarles.

> *Bendícenos Señor*
> *bendice nuestra fe y nuestras dudas.*

Y en la segunda flecha te lanzaste
hasta azules oblicuos y divisas
por dejar lo ranchero
y lo dudoso pastando en las labores con los burros.

Y aprendiste las letras, los diptongos
la lectura coral y los quebrados

los renglones
con óvalos y lluvias que tapaban con tinta los errores.

Pero el salón de clase
no esconde las espuelas ni prohíbe a las sombras
que te alcancen
ni le seca el zoquete a tus zapatos
o huaraches de piel y pies doblados
ni les presta su alcurnia a tus maneras
que quieren aprender todo de nuevo
que quieren olvidar todo lo de antes.

> *Bendícenos señor*
> *bendice este presente que comienza.*

Porque es ahí
en pupitres y en lecciones
con los hábitos puestos y el babero
que te llegan
los ruidos que dejaste, los recintos nublados, los resabios
y vas sabiendo barrios y querellas
y vas sabiendo verbos y batallas
sin levantar la voz, sin olvidarte que debieron quedarse en
los corrales.

Te escondiste detrás de tus miradas
para estrujar las hierbas y las ramas
y sorprender los cantos gregorianos
con el latín francés de tus lecciones.

Te sacudiste las cabras y las vacas
para creerte lo visto sobre el vidrio
aunque fuiste tú mismo el que no pudo
saltarse los alambres de las bardas.

Bendícenos Señor
porque somos los mismos bajo el hábito.

Y a pesar del ejército
en invierno que te llevó hasta el agua
sin ahogarte
a pesar de guardián
y centinela se te durmió el sereno entre los lagos
como si todo ese aire alebrestado que soplaba
del norte deprimido no bastara
en los puentes levadizos a levantar las noches y los miedos.

Y a pesar de lo lejos
y el invierno
de las luces prendidas o apagadas
el paisaje era el mismo y no cambiaban
ni las cabras
las hierbas o las bardas ni las caras vendadas ni las manos
ni el zoquete abrazado de tus suelas
ni tus ansias valsando madrugadas con un coro de sombras
en la almohada.

Bendícenos Señor
bendice la inquietud infantil de nuestros cuerpos.

Cerraste las ventanas y los ojos
y guardaste lo visto en las historias
que te contabas
callado por las noches para arrullarte sueños a hurtadillas.

Aunque nunca supiste que ese sueño
ese dormir despierto sin rendijas
iba a borrar
letargos y vigilias y dejarte indefenso en despoblado.

Gracias por la vida

Con "gracias a la vida que me ha dado tanto"
comienza la canción *Gracias a la vida*
de Violeta Parra

>   *que me llegó en la voz*
>   *de Mercedes Sosa*
>   *la 'cantora'.*

Es una canción muy linda
no lo niego

>   *pero tengo mis dudas*
>   *por la letra*

una letra profunda
más que canción

un himno.

No sé si estoy o no de acuerdo.

Lo estoy en eso de dar gracias
pero no sé si es a la vida

    o a la gente
    que me la hizo amable

que me la hizo no sólo vivible
sino grata
y para mí
memorable

    aunque haya estado tan distraído viviéndola
    que me ha llevado toda una vida darme cuenta.

Pero siento
que no es gracias a la vida

es gracias a la gente
que me ha dado esa vida

    que me la ha hecho posible

y no hablo sólo de mis padres
mis tías
y mis abuelos

sino de toda la gente
con que me fui encontrando

*(aún aquélla que "caminó conmigo
por el lado fortuito de la acera")*

y que vivió mis horas
y compartió mis días y mis rutinas

que con su propia mano
me ayudó a dibujarme

a ser
a descubrirme

*aunque haya creído entonces que era yo
sólo yo quien dibujaba.*

Tampoco fue la vida
así de impersonal
la que me dio el cimiento.

Fue una larga cadena de abuelos
bisabuelos

ancestros anotados
en apuntes de años y de sangre

la página casual
que el azar les escribió a mis padres

gracias no a la vida

sino a la gente

gracias a la gente
que de una forma u otra
me lo fue dando todo
o haciéndolo posible
y me cambió mis días
y mis silencios

(aunque Violeta Parra
se suicidó de un tiro

haciendo su "silencio

sin más enfermedad
que su tristeza"

como dijo Neruda).

Y fue la herencia casual
de la familia

la que me dio
si no "dos luceros"

sí un par de ojos

"como el limón y la albahaca
como el mar y los cipreses"

un par de oídos
en un cuerpo sin taras
y completo

(que en aquel entonces

yo daba por sentado

aún sin darme cuenta

y que ahora
de viejo

agradezco "a la vida"

porque ya sé
que no siempre es así)

y con el que he andado "ciudades y charcos
playas y desiertos, montañas y llanos"

calles y banquetas
pisos de cemento

ranchos de algodón

y que me ha durado
por años y por años

y que aún de viejo
me responde entero

con algún achaque
por los muchos años

por los muchos pasos

con algún achaque
que no siempre dura
ni en la misma parte

porque ha sido el prójimo
quien de muchas formas
se volvió mi espejo

donde
me guste o no me he reflejado
donde me guste o no me he conocido

porque han sido los demás
los que me han dado los libros
los reflejos

las nociones del otro

la ciudad
las plazas

"y el abecedario"

"y el canto de todos que es mi propio canto"

me lo han dado otros

me lo ha dado
gente
que no son familia

ni siquiera amigos

que sin saber

¿sabiendo?

me lo han compartido

como me han compartido
su mirada ajena

más de una vez
convertida en propia

miradas de espejo

donde me he encontrado
con un yo distinto

y con el yo de siempre

porque han sido otros
los que me abrieron puertas

trazaron caminos
construyeron puentes

me hicieron la vida
placentera y linda

y yo que lo daba todo por sentado

merecido y propio

me lo debía la vida
por el simple hecho de estar vivo

sin caer en cuenta
que se lo debo a otros

no me lo he ganado

nadie me lo debe
ni mis padres
mis abuelos

mucho menos otros:
los demás
el mundo

> *pero me han mimado*
> *como me mimó mi madre*
> *y me mimó mi padre*
>
> *y sin darme cuenta*
> *he recibido el mimo*
>
> *con una ceguera*
> *impropia de "mis dos luceros"*
>
> *como si me lo debieran*
> *o fuera mi derecho*
>
> *sin reparar el gesto*
>
> *gratuito*
> *generoso*
>
> *de casi toda la gente*
> *con que me fui encontrando*
>
> *la gente*

que compartió conmigo
su tiempo
sus miradas
sus afectos.

Gracias a la gente
que me la ha ido dando

me ha dado esta vida
y me la hizo amable

placentera
y única

esta vida que agradezco tanto.

Y gracias a Violeta
por su lindo canto.

Lalgar

Se te quedó la vida
en las afueras
del día que se interrumpe a medianoche

porque se acaba el tiempo
y está oscuro
y son horas ajenas las que quedan.

*Jugar sin darnos cuenta a ser adultos y dejarnos atrás sin
despedirnos de ese yo que habitamos y que fuimos.*

Apareciste
sitiado de ironías
muy cerca del panteón y de los muertos

encerrado en el lodo
por los carros
los alambres de púas y el chapopote.

En ese islote inmóvil
incendiaste
los telones de fondo y los desfiles

el carnaval
vestido de cuaresma
que en un martes perpetuo la entretuvo.

Y dejaste colgados
los retratos
que daban fe de gestas y de farsas

de príncipes azules
y princesas
prisioneros sin magia de su fábula.

(Aunque no te dijiste
que sabías
que las hadas son sólo de mentira

que no es cierto
ni el cuento ni la historia
ni los dientes debajo de la almohada).

Porque querías creer
creer en lo que fuera
si no eran cuentos de hadas o madrinas

reinos de carnaval
o golondrina
pintada sobre el cielo de un verano.

Porque querías creer
y rescatar miradas
del reflejo engañoso de retratos

ese cine casero
de historietas
proyectando pretérito y ceguera.

Y dejaste vacíos
los lunes y los labios
los pesares pendientes y el velorio

esa canción
cantada con once años
y esa cama de suelo a cielo abierto.

Como un cuento de niños que concluye pero deja sus mundos en suspenso, las páginas faltantes o pendientes, las fábulas de Esopo sin remate.

Ocupaste tu huida
como puente
para alcanzar los días que te esperaban

aunque no estaban todos
ni sus lunas
tenían todos los cuartos que debieran.

Y te arrojaste al mundo
protegido
por el vuelo ocurrente de tus alas

donde gracias y guasas
mitigaban
las rutinas feroces de los miedos.

Tus alas
redondeaban las aristas
y ablandaban el aire sin ahogarse

sin golpearse
en los filos de las puertas
sin quemarse en el hambre ni en el fuego.

(Pero nunca
velaste armas o vuelos
ni puliste tu escudo al descubierto

ni te asomaste
al campo de batalla

o al canto cotidiano de sus llamas).

Tus aleteos
mediaban con el mundo
sin regatear misterios o fantasmas

tu linaje de sueños
despertados
o los lodos resecos de tus rumbos.

Porque querías creer
sin revisarles
la espalda de cartón a los retratos

las fachadas del gozo
los espectros
que te prendían la luz y despertaban.

Dejaste sin vivir
brechas y bordos
y el acertijo amorfo de tus rezos

a pesar de esas risas
entre dientes
y el petróleo renuente de tus pozos.

Soñar sueños bonitos que no tengan que ver con lo
despierto, aunque sean de mentira y no sucedan, aunque
sean fantasías irrealizables.

Te decías en el fondo
que los años
te abrirían como dote de estar vivo

el arcón de madera
que guardaba
tu yo del día siguiente y de mañana.

Y buscaste tu nombre
en los destinos
que dibujó tu edad acurrucada

en los días por venir
en las carátulas
de relojes sin horas y sin dueño.

Y te echaste a la calle
sin llevarte
más que ese yo de octubre agujerado

tus sonrisas rodeadas
de rubores
y el ingenio doliente de tus bromas.

(Aunque sé que sabías
y te callabas
del difícil andar de los arrieros

la inconstancia voluble

del veremos
los temores nocturnos del insomnio).

Se te quedó el dormir
en entredicho
para quitarle al sueño su acicate

de llenarte de embustes
la cabeza
y poblar de escondites sus ficciones.

Y los años vinieron
en pedazos
los días y el santoral enmarañados

sin ser completamente
o todo entero
sin fiestas de guardar o de cumpleaños.

Y se plantó febrero
y te detuvo
sin valerle tus dichos ocurrentes

la vida sorprendida
en las afueras
los modos deslucidos del hubiera.

Génesis

En el principio fue el verbo
conjugado en la tierra

palabras y tablero:

> el paraíso de Adán,
> de Eva
> y la serpiente

las piezas que movías de acuerdo con tus dados
¿cargados de capricho?

> Caín el que sembraba
> Abel pastor de ovejas

ofrendas desiguales
unas gratas al cielo
y otras no

¿y todo porque sí?

¿capricho soberano
que descarga simplemente al azar
la explosión hormonal de sus enojos?

"la muerte de un hombre la vengaré en el hombre
en el hombre hermano suyo"

eso dice mi *Biblia* que dijiste
la de Torres Amat
está en el nueve cinco
del Génesis

pero dime
¿qué culpa tiene el hermano?

¿por Caín, habrías matado a Abel?
¿por Abel, a Caín?

"Derramada será la sangre de cualquiera
que derrame sangre humana"

¿Cualquiera?
¿en verdad cualquiera?
¿o se refiere sólo a humanos?

Maldijiste a Caín
no lo mataste

> lo condenaste a vagar
> de tierra en tierra.

Después trajiste el fuego
que llovías a tu antojo
> sobre hombres
> > mujeres
> > y ciudades

> sobre niños y viejos enclaustrados
> en el limbo común de sus edades

vividas al azar y a la intemperie

> (como farsa o tragedia
> por ser espectador
> o personaje).

Luego fue la atmósfera de agua
para ahogarles los cuerpos y las almas

> hasta volverlos
> peces de la nada

> ¿o es que la nada

se volvió pez
con el diluvio?

Volver un solo mar la tierra hundida
continente sin fin y sin orilla

que no supo volver de sus despojos
del fango original
ni de la vida

sin invocar la magia de tu endecha
palabras encantadas
por las formas

abracadabra alterno de los buenos
sentados a tu izquierda

los callados

una oración
que les permita conjugar
el verbo del principio.

Y bajaste el telón con el instante
que enmudeció en Babel

la voz de su comuna
estertores fallidos
de labios
de palabras
y de oídos

esos gestos sonoros sin sentido
en el ruido de gritos y de gritos

Y dejó de decir
de ser
de oírse

canturreos del vacío
ruido que vuelve al polvo de su estruendo.

Geranios

Tú te sabes el cuento
y es el mismo
que contaban las hadas en las noches

para poder dormirte
sin trabajos

si viviera García Lorca
blanqueaba la noche negra
con puras lunas gitanas

de esas lunas plata errante
que encalan la noche blanca
que vuelven el sueño siesta

que despiertan madrugadas
y pájaros sorprendidos
antes que puedan dormirse

como todos los cuentos
tiene hadas
tiene astros

y alguna luna de octubre

("de las lunas
la de octubre es más hermosa")

tiene diablos y monstruos
relámpagos

que se asoman

al mundo de los sueños
al cielo de la edad

para pintarlo todo plata blanco
que chorrea sin detenerse
sobre los techos tendidos

sobre los ojos cuajados
de fantasías en los párpados
y temblor en las pestañas

cuando sabes que tienes

que dormirte
pasar de la vigilia
al duermevela

> *los sueños despabilados*
> *que se han quedado sin cama*
> *por el blanco que se escurre*
>
> *desde la luna hasta el suelo*
> *para volver la tierra día*
> *y hacer el cielo de noche*

sin Virgilio que te instruya
ni Beatriz que te proteja

> *con su vestido de negro*
> *de cuellos y mangas largas*
> *y sus holanes bordados*
>
> *por tanta estrella furiosa*
> *collares y anillos blancos*
> *de corazones inertes:*
>
> *chorreando blanco chorreando,*
> *la noche se queda negra*
> *y envuelve al sueño de día*

no importa que sea tan largo
como los siglos en ronda

jugando a las escondidas
o la gallina ciega
la víbora de la mar

cuando llegan los gitanos
y me trasplantan la luna
donde latía el corazón

pero
tú te sabes el cuento
de tu muerte

yo siempre me lo encuentro

con sorpresa

pero nunca me dice los cómos
ni los porqués

los ojos que se despiertan
cuando debieran dormirse

la vida que se nos muere
cuando debiera estar viva

Y colorín colorado

> *¿te imaginas?*

> *quién me lo hubiera dicho*

esta vida se ha acabado.

Suences

Atravesaste el mar
buscándote en el hielo

¿en verdad
tenías la esperanza de encontrarte?

En medio del poniente
levantaste tu carpa de sorpresas
tu máquina de cuentos y presagios
la torre de lenguas congeladas
(que fuiste construyendo desde niño
y que no pudo salvarte de un diluvio
a pesar de las mandas
y los viajes).

aunque el sol se entretuvo

en subrayarte lo que llegó del mar y de la nieve
que apenas se acercó
para tenerte y bautizar la víspera
en tu nombre

> *y viviste de pie*
> *como columna*
> *con las piernas hinchadas de cansancio*
> *para lograr que el techo te cubriera*
> *para impedir que el suelo se moviera*

trasplantaron su árbol a tu patio
para salvarle las hojas
las raíces
sin saber ni siquiera si esos verdes
se podían cultivar en las laderas de la colina en venta de tu
tumba

> *y cargaste tu norte vagabundo*
> *al trópico caliente*
> *de balcones de hierros caprichosos*
> *y de notas mestizas*
> *en su clave de sol y de silencio*

cuando fuiste pegando tus edades
sin dejarlas correr ni evaporarse
en medio de huracanes
que sacudían las ánimas
que –como tú– habían venido al sur
como los pájaros
que habían venido al sur
para encontrarse con esos otros yos que se callaban

¿de que sirvió tu andar
si te agotaste
antes de completar tus frases
con sus verbos
antes que el sol llegara a su momento?

te acurrucaste
un rato
en el rosario
para rezar gozoso sus misterios
a pesar de tu norte
y de tus hielos
a pesar de tus elles y tus haches
las pausas personales de los miedos

¿de qué sirvió tu andar
si fue tan breve que no alcanzó a llevarte
a no sé qué sur
que tú buscabas?

En las aulas de incienso
repasaste
tus lenguas y tu historia
las torres de Babel
de los pupitres
los acentos en sílaba y palabra
o en la oración completa de tus rezos
en la oración completa de las voces
que habían volado al sur de más abajo
que habían volado al sur de todos lados a cobijar preguntas
y certezas

¿de qué sirvió tu andar
si fue tan corto
que apenas te acercó
a márgenes
y a afueras
al filo de ti mismo
y de los otros?

pero intuías
los puentes,
los balcones,
los martes descreídos
que te dejaban a solas asomarte
a la ventana abierta del espejo
a la gente vestida de sí misma
que rebosaba calles y banquetas
como si fueran otros repitiendo
memorias indiscretas y paisajes
que parecían ajenos por ser propios.

Volviste tierra adentro pero al norte
y te llevaste en la boca
lo probado
los sabores alternos del cerezo
el gusto inadvertido
por las pausas
que pretendían decir más en silencio.

Y te llevaste en los ojos lo que viste

como maletas llenas de miradas que quedan sin abrir en los
desvanes
las fases de una luna interrumpida cuando quería crecer
como en el norte
(para ser como el sol y no en pedazos;
para alumbrar los pasos
no la espera
para apurar lo oscuro
y no la noche)

> *aunque de pronto*
> *se acabó lo breve*
>
> *detuviste tu andar*
> *para comprar colinas y laderas*
>
> *cuando el barrio*
> *contaba tus cuentos*
> *tus historias*
>
> *como si fueran propias y no tuyas*
> *como si hubieras vivido en muchas partes*
> *tus rutinas de siempre y en dialectos prestados las*
> *contaras.*

Relevos

El tigre
no se hereda la piel

      pero sí
      el hombre
            y la mujer

desnudos
al nacer (y sin saberlo)
se van vistiendo al son
de sus mariachis

      de padres
      y de abuelos

de ancestros
lejanos y cercanos

de amigos
y vecinos

vistiéndose de herencias

queriendo o sin querer
vistiéndose por dentro

pizarrones ajenos
alumnos
y maestros

todos
todos

testigos
de lo previo

que nos pintan los ojos
y nos cuentan
de los modos
del mundo y de la gente

historias de familia
colgadas de los cuellos
como joyas

que se atoran ahí

y no nos dejan vislumbrar la vida
desde afuera

los ojos nuevos y la piel desnuda

estrenar la vida
hasta volverla propia

y explorar el tiempo
como si fuera de uno.

Terminal

He principiado a hacerme dueño de mi muerte

> *fue un huracán*
> *que te dejó sin hojas*
>
> *tus raíces apenas*
> *te salvaron*
> *de levantarte*
> *en pájaro*
> *o cometa*

a ponerle ese *mí* que la distingue

> (como en clave de sol
> y en sostenido)

con las ramas desnudas
en el aire

no querías abrazar
tus desazones
los sueños
de verdad
sólo en las noches
los cielos que veías
sólo dormido

de todas esas muertes tan distantes

(esas muertes ajenas
como datos que son
y que se suman

como libros que lees
y que terminas)

no sé si te sabías
desprotegido

las brechas carcomidas
te cercaban
y el agua era con sal
condimentada
por ese mar cercano
de figuras
que humedecía
las tardes asoleadas

las noches pegajosas
los veranos

de todas esas muertes tan distintas

(por tener otros rostros
y otras fechas)

con la piel deshojada
a la intemperie

agradecías si en ti
sin detenerse
se entretenían
los pájaros perdidos
las lluvias sin caer
las hojas en huida

esas muertes ajenas y lejanas

(aunque pasen al lado
o por mi puerta)

el árbol de Babel
sin una lengua
que pudiera llegar a los oídos

sin un oído
al que pudieran llegarle
mis palabras

sin un tú
sin un él
sin un nosotros

sin agotar mi nombre ni mi historia.

Historias incompletas:

Historias incompletas

de Mariano Ortega
se acabó de imprimir
el 6 de noviembre de 2021

Made in the USA
Middletown, DE
22 January 2022